Gráficos en acción

Graficar

Andrew Einspruch

Créditos de publicación

Editora
Sara Johnson

Directora editorial
Dona Herweck Rice

Editora en jefe
Sharon Coan, M.S.Ed.

Directora creativa
Lee Aucoin

Editora comercial
Rachelle Cracchiolo, M.S.Ed.

Créditos de imagen

El autor y los editores desean agradecer y reconocer a quienes otorgaron su permiso para la reproducción de materiales protegidos por derechos de autor: portada Shutterstock; pág. 1 Photolibrary.com/Alamy; pág. 4 Shutterstock; págs. 6–8 Shutterstock; pág. 10 iStock Photos; págs. 12–13 Shutterstock; pág. 15 Photolibrary.com; pág. 17 Photolibrary.com/Alamy; pág. 19 Photolibrary.com; pág. 22 Shutterstock; pág. 24 Shutterstock; pág. 26 Big Stock Photo; pág. 27 Shutterstock

Si bien se ha hecho todo lo posible para buscar la fuente y reconocer el material protegido por derechos de autor, los editores ofrecen disculpas por cualquier incumplimiento accidental en los casos en que el derecho de autor haya sido imposible de encontrar. Estarán complacidos de llegar a un acuerdo idóneo con el propietario legítimo en cada caso.

Teacher Created Materials

5301 Oceanus Drive
Huntington Beach, CA 92649-1030
http://www.tcmpub.com
ISBN 978-1-4938-2957-6
© 2016 Teacher Created Materials, Inc.

Contenido

Mostrar información

Los gráficos son un tipo de imagen. Muestran **datos**, usualmente números, **visualmente**. Los gráficos son útiles para comparar datos. Deben ser **precisos**. Y deben tener rótulos y títulos claros. Los gráficos de estas páginas muestran información sobre un pequeño negocio de helados.

Gráficos de barras

Un gráfico de barras muestra datos para diferentes grupos. Este gráfico de barras **compara** la cantidad de copas de helado vendidas cada mes durante un año.

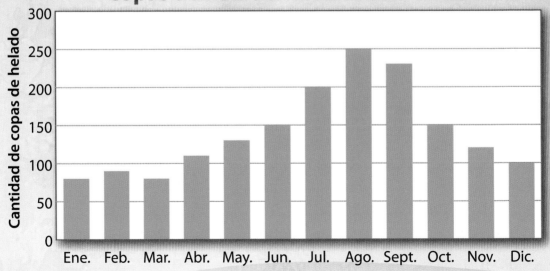

Copas de helado vendidas en un año

Cantidad de copas de helado — Mes
Ene. Feb. Mar. Abr. May. Jun. Jul. Ago. Sept. Oct. Nov. Dic.

Gráficos circulares

Un gráfico circular sirve para mostrar cómo partes de datos se relacionan con el todo. Este gráfico circular compara las ventas de diferentes sabores de helado. El gráfico circular muestra todos los helados vendidos. Cada parte del círculo muestra un sabor diferente. La **clave** nos dice qué color **representa** cada sabor.

Sabores de helado vendidos

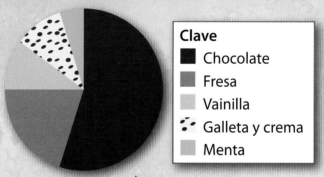

Clave
- ■ Chocolate
- ■ Fresa
- ■ Vainilla
- ⁙ Galleta y crema
- ■ Menta

EXPLOREMOS LAS MATEMÁTICAS

Usa el gráfico de barras de la página 4 para responder estas preguntas.

a. ¿Cuáles 3 meses tuvieron las ventas de helado más altas?

b. ¿Cuál fue la cantidad total de copas de helados vendidas en los meses de junio y octubre?

Usa el gráfico circular de arriba para responder estas preguntas.

c. ¿Cuál sabor es el menos popular?

d. ¿Cuál sabor es más popular: fresa o vainilla?

A menudo, los datos de las tablas pueden convertirse en gráficos. Esta tabla muestra datos de un pequeño negocio de ropa. Muestra cuántos **artículos** de ropa diferentes se vendieron durante el mes de julio.

Ropa vendida en julio

Artículos de ropa	Gorras de béisbol	Chaquetas	Pantalones	Camisas	Suéteres
Cantidad de artículos vendidos	35	20	15	25	5

Se puede hacer un gráfico de barras usando datos de la tabla. Este gráfico de barras hace que sea fácil comparar las cantidades de ventas rápidamente.

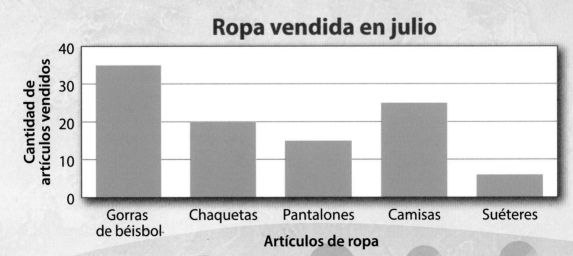

La información de la tabla también puede mostrarse en un gráfico circular. Pero la cantidad exacta de cada prenda vendida no se muestra. En su lugar, este gráfico circular muestra **porcentajes**. Todo el gráfico circular representa el 100 por ciento (%). Cada parte del círculo representa parte de ese 100 por ciento (%).

Ropa vendida en julio

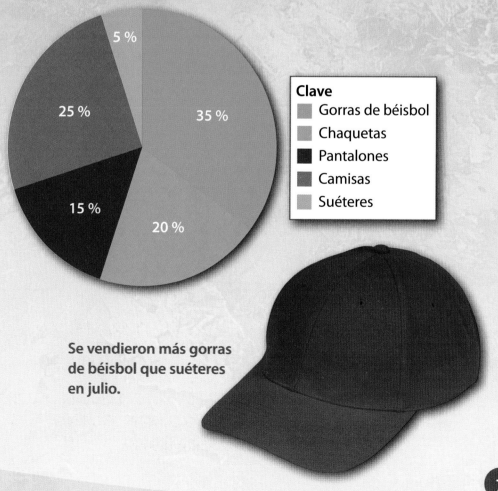

5 %

25 %

35 %

15 %

20 %

Clave
- Gorras de béisbol
- Chaquetas
- Pantalones
- Camisas
- Suéteres

Se vendieron más gorras de béisbol que suéteres en julio.

Gráficos de líneas

Los gráficos de líneas son una buena manera de mostrar datos **continuamente** recopilados en el transcurso del tiempo. Podrían ser datos que han sido recopilados todos los días de una semana, un mes o un año. La información sobre la temperatura de esta tabla se recopiló diariamente durante una semana.

Temperatura máxima diaria del Monte Baw Baw

Día de la semana	Temperatura máxima diaria
Lunes	29 °F (-1.7 °C)
Martes	34 °F (1.1 °C)
Miércoles	39 °F (3.9 °C)
Jueves	30 °F (-1.1 °C)
Viernes	40 °F (4.4 °C)
Sábado	42 °F (5.6 °C)
Domingo	30 °F (-1.1 °C)

El Monte Baw Baw es una montaña en Victoria, Australia. Se dice que su nombre es un término aborigen australiano que significa "eco".

Se puede hacer un gráfico de líneas usando datos de la tabla. Un punto en el gráfico muestra la temperatura más alta alcanzada cada día. Una línea conecta los puntos. Esto facilita ver cómo cambia la temperatura durante la semana.

Temperatura máxima diaria del Monte Baw Baw

¿Tiene un eje?

Muchos tipos diferentes de gráficos tienen un eje *x* y un eje *y*. El eje *x* es la línea horizontal del gráfico. El eje *y* es la línea vertical. Cada eje tiene un rótulo. ¿Qué tipo de gráfico no tiene un eje *x* y un eje *y*?

Esta tabla muestra datos recopilados durante un período. Los datos muestran la población de Pueblo Arce. Los datos fueron recopilados cada 100 años desde el 1700 hasta el 2000.

Población de Pueblo Arce

Año	Población
1700	20,000
1800	50,000
1900	65,000
2000	55,000

Es importante elegir el gráfico correcto para mostrar la información. Un gráfico de barras es una excelente manera de mostrar grandes diferencias en los datos. Compara la población de Pueblo Arce de los años 1700 y 1900 en este gráfico.

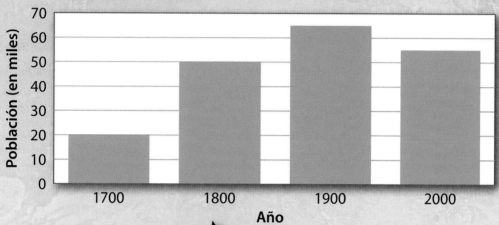

Población de Pueblo Arce

EXPLOREMOS LAS MATEMÁTICAS

Esta tabla muestra el crecimiento de la población de Thatcham, una pequeña ciudad de Inglaterra. Elabora un gráfico de barras con estos datos. *Pista*: Rotula el eje *x* y el *y*, y ponle un título al gráfico.

Año	1991	2001	2005
Población aproximada	15,000	21,000	23,000

Hacer gráficos claros

Es importante que la información de un gráfico sea clara. Este **pictograma** usa imágenes de perros. Cada imagen representa la cantidad de perros que vive en 3 ciudades diferentes del condado Central. Las imágenes de perros se ven bien, pero la información del gráfico no es clara. Pareciera que en cada ciudad solo vive una raza de perros. El gráfico tiene un título pero no tiene rotulados los ejes x ni y. Los diferentes tipos de perros también pueden **distraer** e impiden que el lector encuentre la información correcta.

Perros que viven en las ciudades del condado Central

Pueblo Izquierdo   Villa Central   Pueblo Derecho

El siguiente pictograma muestra la misma información sobre la cantidad de perros que viven en el condado Central. Pero emplea la misma imagen para mostrar la información para cada ciudad. También tiene una clave para explicar lo que significan las imágenes. ¿Qué te dice este gráfico?

Perros que viven en las ciudades del condado Central

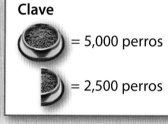

Clave

= 5,000 perros

= 2,500 perros

EXPLOREMOS LAS MATEMÁTICAS

Usa el pictograma anterior para responder estas preguntas.

a. ¿Cuántos perros viven en Pueblo Izquierdo?

b. ¿Cuántos perros más viven en Pueblo Derecho que en Villa Central?

c. ¿Cuántos perros en total viven en las 3 ciudades del condado Central?

d. Si montaras un negocio de lavado de perros, ¿en qué ciudad vivirías? Menciona razones que expliquen tu respuesta.

13

Los gráficos deben ser claros para que podamos comprender la información que muestran. Si no son claros, no son útiles. Observa este gráfico de barras. ¿Qué información te brinda? ¿Es útil?

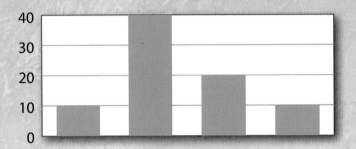

Ahora observa el mismo gráfico con un rótulo en cada eje.

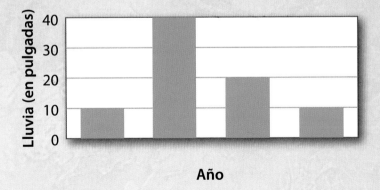

Ahora sabemos que el gráfico muestra la lluvia en el transcurso del tiempo. Pero todavía necesitamos más información para que el gráfico tenga sentido y sea útil.

Lluvia en Pueblo Lagunero

El eje *x* muestra que observamos la lluvia del 2005 al 2008. El eje *y* muestra la cantidad de lluvia medida en pulgadas. El título nos dice de qué se trata el gráfico.

Pueblo Lagunero está representada en el gráfico anterior.

El tipo de gráfico de barras a continuación se llama gráfico de dos barras. Te permite comparar 2 grupos de datos en 1 solo gráfico. La clave nos dice que las barras de color representan 2 ciudades diferentes. Es fácil ver qué es igual y qué es diferente sobre la lluvia en cada ciudad.

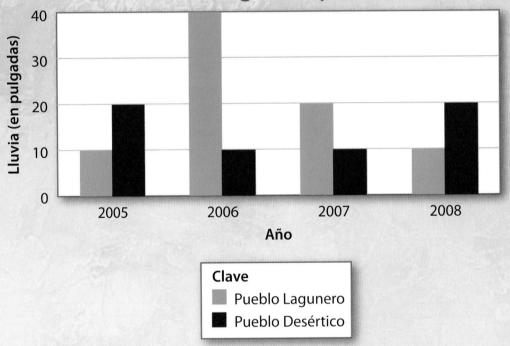

Lluvia en Pueblo Lagunero y Pueblo Desértico

El gráfico de dos barras muestra que Pueblo Lagunero recibió más lluvia durante los años 2006 y 2007 que Pueblo Desértico. Pero también muestra que en el 2005 y en el 2008 Pueblo Desértico recibió 10 pulgadas más de lluvia que Pueblo Lagunero.

Usa el gráfico de dos barras de la página 16 para responder estas preguntas.

a. Calcula la cantidad total de lluvia que recibió cada ciudad a lo largo del período de 4 años.

b. ¿Qué ciudad tuvo más lluvias en general?

c. ¿Cuánta lluvia más recibió Pueblo Lagunero en el 2006 que Pueblo Desértico?

d. ¿En qué ciudad preferirías vivir? ¿Por qué?

Pueblo Desértico tiene un clima muy seco.

Gráficos en los negocios

Los propietarios de negocios encuentran muy útiles los gráficos. Los gráficos pueden mostrar cómo cambian las ventas y otras cosas con el transcurso del tiempo. También pueden ayudarnos a ver qué puede ocurrir en el futuro.

Los propietarios de la Tienda de Alimentos Best usan gráficos para mostrar la información de las ventas. Los productos que venden se ponen en **categorías**. Este gráfico de barras muestra la cantidad de productos vendidos el año pasado.

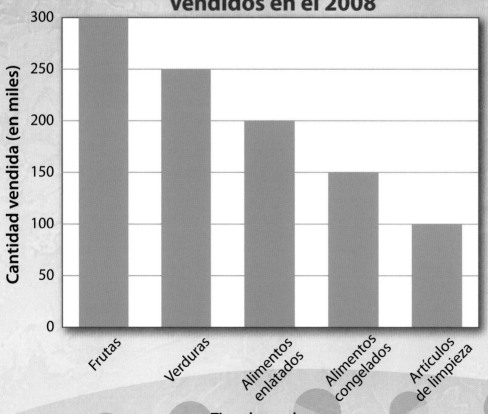

Productos de la Tienda de Alimentos Best vendidos en el 2008

Otra manera de mostrar la cantidad de productos vendidos el año anterior es con un gráfico circular. Las secciones de color facilitan comparar qué tan grandes o pequeñas son las cantidades en relación con la cantidad total de productos vendidos.

En este gráfico circular, la sección de frutas es la más grande. Eso significa que la tienda vende más frutas que ningún otro producto. La sección de artículos de limpieza es la más pequeña. Y las cantidades de verduras y alimentos enlatados son casi iguales. Los propietarios pueden ver esta información sin necesidad de conocer cantidades exactas.

Productos de la Tienda de Alimentos Best vendidos en el 2008

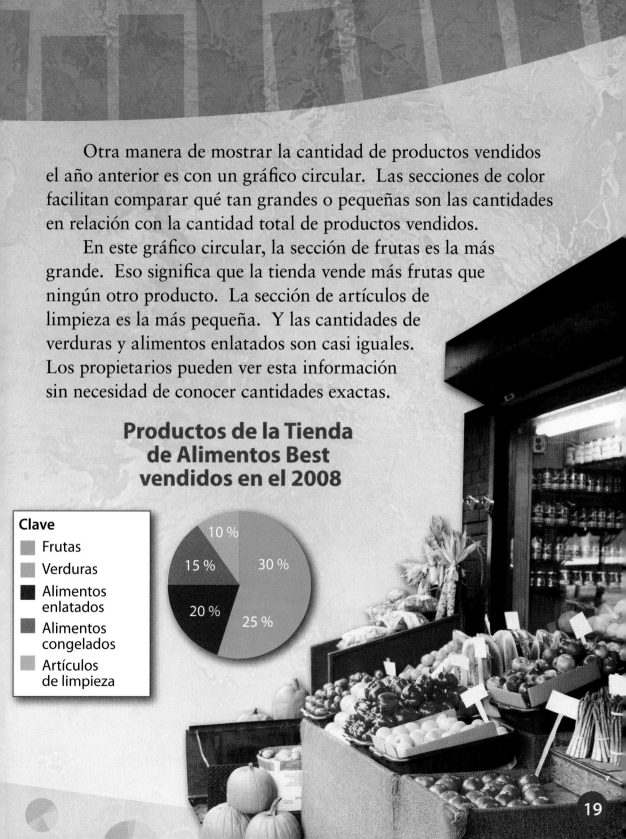

Clave
- Frutas
- Verduras
- Alimentos enlatados
- Alimentos congelados
- Artículos de limpieza

10 %
15 %
30 %
20 %
25 %

Los negocios también usan gráficos para calcular cuánto venden y cuándo. Este gráfico de líneas muestra la cantidad de ventas de la Tienda de Alimentos Best para cada mes del 2008.

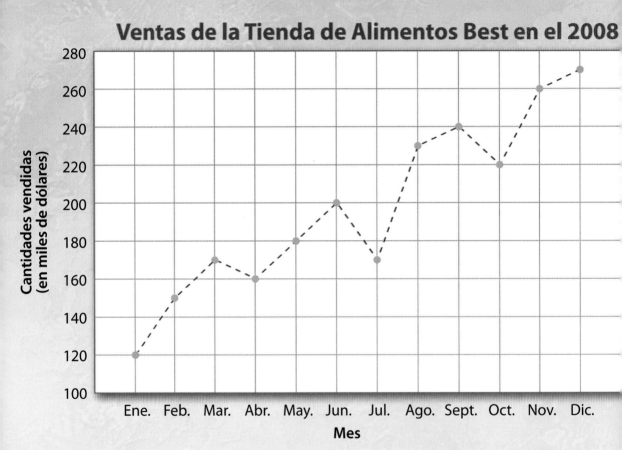

Ventas de la Tienda de Alimentos Best en el 2008

Los gráficos son una buena manera de mostrar qué ocurre en un negocio. El gráfico de líneas muestra que las ventas de la tienda están creciendo. No todos los meses tienen más ventas que el mes anterior, pero la **tendencia** es ascendente.

Los propietarios también podrían usar un gráfico de barras para mostrar la misma información. ¿Cuál crees que muestra mejor la información: el gráfico de líneas o el gráfico de barras?

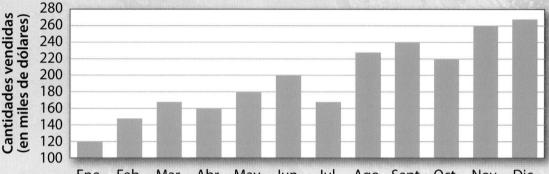

Ventas de la Tienda de Alimentos Best en el 2008

EXPLOREMOS LAS MATEMÁTICAS

Jackson vende automóviles nuevos. Esta tabla muestra cuántos automóviles nuevos vendió en los primeros 6 meses del año.

Ene.	Feb.	Mar.	Abr.	May.	Jun.
25	28	32	30	34	35

a. Elabora un gráfico de barras con estos datos. Luego elabora un gráfico de líneas de los mismos datos.

b. Escribe un informe de ventas que diga qué tendencia puedes ver en las ventas.

A los propietarios de la Tienda de Alimentos Best les interesa ver las ventas de este año, pero también quieren compararlas con las del año pasado. Este gráfico de líneas muestra información sobre las ventas del año pasado.

Ventas de la Tienda de Alimentos Best en el 2007

Cantidades vendidas (en miles de dólares)

Mes

Este gráfico de líneas muestra información sobre las ventas de este año.

Ventas de la Tienda de Alimentos Best en el 2008

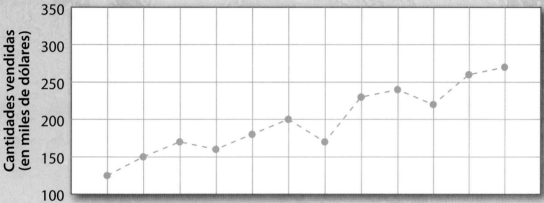

¿Qué muestran los gráficos sobre el negocio? Los propietarios pueden ver que las ventas disminuyeron durante el 2007 y volvieron a aumentar en el 2008. Sin embargo, para finales del 2008, las ventas todavía no eran tan buenas como a comienzos del 2007.

¿Por qué cayeron las ventas en el 2007? ¿Abrió una tienda nueva en el vecindario? ¿Por qué comenzaron a mejorar de nuevo las ventas en el 2008? Los gráficos pueden ayudar a que los propietarios hagan preguntas y tomen decisiones sobre sus negocios.

Gráficos que trabajan juntos

Se pueden usar diferentes tipos de gráficos juntos para proporcionar información. Un negocio puede necesitar datos sobre los visitantes de su sitio web. Los gráficos pueden mostrar esta información de diferentes maneras.

El siguiente gráfico de barras muestra la cantidad de visitantes del sitio web durante un período de 6 meses.

Este gráfico circular muestra cuántas personas visitaron el sitio web por primera vez. También muestra cuántas personas lo han visitado antes.

Visitantes del sitio web

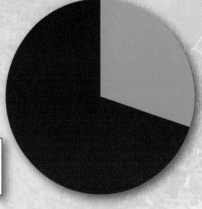

Clave ▉ Visitantes nuevos
■ Visitantes anteriores

Este gráfico circular muestra cómo llegaron los visitantes al sitio web. Algunos usaron **buscadores** y otros llegaron de otros sitios web.

Cómo se encontró el sitio web

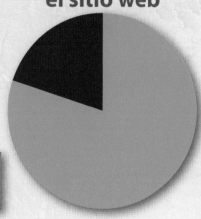

Clave ▉ Mediante buscadores
■ Vínculo de otro sitio web

Cada gráfico muestra información diferente. Juntos ayudan a crear una imagen completa de quién visita el sitio web.

Gráficos a tu alrededor

Los lectores de periódicos y revistas a veces miran primero las imágenes que las palabras. Por ello, los periódicos y las revistas hacen gráficos que atraen la atención del lector. Este gráfico circular tiene secciones del círculo que sobresalen.

—THE DAILY TIMES—

Dónde se fabrican nuestros automóviles favoritos

Corea
Estados Unidos
Alemania
Japón

EXPLOREMOS LAS MATEMÁTICAS

Observa el gráfico circular de arriba.

a. ¿Qué país fabrica la mayor cantidad de automóviles favoritos?

b. ¿Fabrica Estados Unidos más automóviles favoritos que Alemania?

c. Escribe un titular y un artículo para el periódico acerca del gráfico.

Hay gráficos en todas partes. La información de periódicos y revistas, televisión e Internet a menudo se muestra en gráficos. Los gráficos son visuales. ¡Pueden hacer que leer y aprender información sea más interesante!

¿Está de moda el surf?

Emilio es dueño de una pequeña tienda de artículos de surf. Le gustaría expandir su negocio. La tienda de al lado está disponible para alquilar. Emilio necesita conocer si su negocio está creciendo para ver si puede costear una expansión.

Los gastos totales del negocio son $1,200 por mes para el 2008. Emilio elabora un gráfico circular para ver el porcentaje de diferentes gastos.

Desglose de gastos

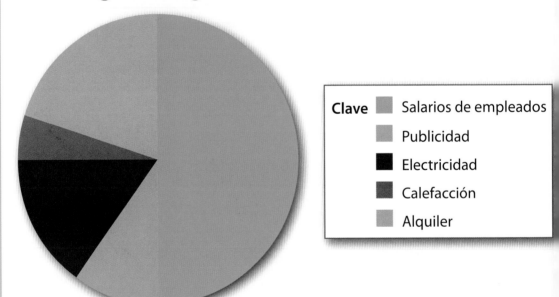

Clave
- Salarios de empleados
- Publicidad
- Electricidad
- Calefacción
- Alquiler

Emilio también hace una tabla para ver sus ventas por mes del año pasado.

Ventas en el 2008

Ene.	Feb.	Mar.	Abr.	May.	Jun.
$900	$900	$1,100	$1,400	$1,500	$1,800

Jul.	Ago.	Sept.	Oct.	Nov.	Dic.
$2,000	$2,100	$1,700	$1,500	$1,300	$1,300

¡Resuélvelo!

Usa el gráfico circular de la página 28 para calcular:

a. ¿Cuál es el mayor gasto que tiene Emilio cada mes?

b. ¿Cuál es el menor gasto que tiene Emilio cada mes?

Ahora usa la tabla anterior para responder estas preguntas.

c. Haz un gráfico de barras para mostrar las ventas en el 2008.

d. ¿Crees que Emilio debe expandir su negocio? Haz una lista de tus razones.

Usa los siguientes pasos como ayuda para hacer tu gráfico. Recuerda rotular los ejes y poner un título a tu gráfico.

Paso 1: Primero, decide qué datos de la tabla usar para el eje *x* y para el eje *y*.

Paso 2: Ahora elabora tu gráfico de barras usando las cantidades de la tabla. Rotula el gráfico y ponle un título.

Glosario

artículos: partes

buscadores: programas informáticos que obtienen información de una base de datos o red

categorías: grupos que contienen elementos de un tipo similar

clave: una lista que explica símbolos

compara: observa las características de dos o más cosas para ver en qué se parecen o diferencian

continuamente: sin parar; ininterrumpidamente

datos: información

distraer: interrumpir el pensamiento o la concentración

pictograma: un gráfico que usa imágenes para representar información

porcentajes: índices o proporciones por cien

precisos: correctos

representa: muestra

tendencia: una dirección general en la que algo se dirige

visualmente: como una fotografía, imagen o presentación

Índice

Exploremos las matemáticas

Página 5:

a. julio, agosto, septiembre

b. 300 copas de helado

c. Menta

d. Fresa

Página 11:

Población de Thatcham

Página 13:

a. 7,500 perros

b. 5,000 perros más

c. 32,500 perros

d. Las respuestas pueden variar pero deben incluir Pueblo Derecho porque el pictograma muestra que tiene la mayor cantidad de perros.

Página 17:

a. Pueblo Lagunero recibió 80 pulgadas de lluvia en el transcurso de 4 años. Pueblo Desértico recibió 60 pulgadas.

b. Pueblo Lagunero

c. 30 pulgadas más de lluvia

d. Las respuestas variarán.

Página 21:

a.

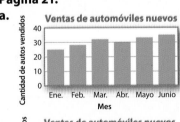

b. Las respuestas pueden variar, pero podrían incluir la observación de que las ventas continúan en aumento cada mes, salvo abril, donde las ventas disminuyen un poco.

Página 26:

a. Japón

b. No, Alemania fabrica más.

c. Las respuestas variarán.

Actividad de resolución de problemas

a. Salarios de empleados

b. Calefacción

c.

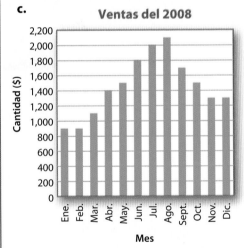

d. Las respuestas pueden variar, pero dado que el gráfico de barras muestra que Emilio realiza más ventas y cumple con los gastos, podría permitirse expandir el negocio.